Pam mae'r awyr yn las?

Stori gan Sally Grindley

Lluniau gan Susan Varley

Trosiad gan Emily Huws

DREF WEN

Roedd Cwningen ac Asyn yn byw yn yr un cae.
Yn y gornel y byddai Asyn yn treulio'i amser,
yn pori'r glaswellt ac yn nodio'i ben yn ddoeth i gyd.

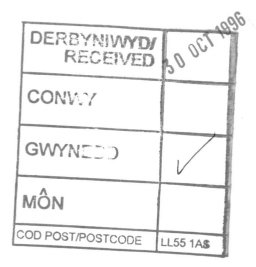

UNED IAITH GENEDLAETHOL CYMRU

CBAC

Cyhoeddwyd dan nawdd
Cynllun Llyfrau Darllen
Cyd-bwyllgor Addysg Cymru.

Cyhoeddwyd 1996 gan Wasg y Dref Wen,
28 Ffordd yr Eglwys, Yr Eglwys Newydd,
Caerdydd CF4 2EA
Ffôn 01222 617860.

Argraffwyd yn yr Eidal.

Byddai Cwningen i'w gweld ym mhobman. Roedd
llawer twll yn arwain i'w chartref, ac roedd hi'n eu
defnyddio nhw i gyd.

Roedd Asyn yn hen iawn ac yn gwybod llawer o bethau.

"Wn i pam mae coed yn colli'u dail, a sut mae pryfed cop yn nyddu eu gwe, a pham mae'r awyr yn las," meddai wrth unrhyw un wrandawai arno.

Roedd Cwningen yn ifanc iawn ac eisiau dysgu.

"Dwi isio gwybod popeth sy 'na i'w wybod," meddai Cwningen.

"Ddysga i be dwi'n wybod iti," meddai Asyn, "ac mae hynny'n andros o lot."

"Ardderchog," atebodd Cwningen. "Diolch yn fawr iawn."

Ac fe neidiodd a rhedodd, rowliodd a bownsiodd ar draws y cae ac yn ôl drachefn.

"Ond fedra i ddim dy ddysgu di os na fyddi di'n eistedd yn llonydd ac yn gwrando," meddai Asyn.

"Eistedda i'n llonydd fel delw," meddai Cwningen, "a gwrando'n astud, astud!"

"I ddechrau," meddai Asyn, "ddweda i wrthat ti pam mae'r awyr yn las."

"Ardderchog," meddai Cwningen. "Dwi'n glustiau i gyd ac yn ysu am gael gwybod pam mae'r awyr yn las."

Ond cyn i Asyn fedru dweud fawr ddim, gofynnodd Cwningen pam roedd pridd yn frown.

Yna neidiodd o amgylch y cae yn tynnu sylw at flodau melyn ac aeron coch ac ieir bach yr haf gwynion.

Bu Asyn yn pori'n biwis ac yn aros…ac yn aros. Daeth Cwningen yn ôl ato o'r diwedd a dweud, "Dwi'n gwybod pam mae aeron yn goch. Tisio gwybod pam?"

"Wn i siŵr iawn," atebodd Asyn. "Ac mae'n hen bryd i mi gael cyntun bach."

"O! Ond wn i ddim pam mae'r awyr yn las," meddai Cwningen. "Dwi'n ysu eisio gwybod. Ga i ddod yn ôl yfory a chael gwers arall?"

"Ond fedra i ddim dy ddysgu di os na fyddi di'n eistedd yn llonydd ac yn gwrando," meddai Asyn.

"Eistedda i'n llonydd fel delw," meddai Cwningen, "a gwrando'n astud, astud!"

"Felly, 'fory ddysga i be dwi'n wybod iti," atebodd Asyn. "Ac mae hynny'n andros o lot."

Neidiodd Cwningen i'r awyr yn gyffro i gyd a rhedeg a rowlio a bownsio ar draws y cae yr holl ffordd adref i gael te.

Drannoeth dechreuodd Asyn ddweud wrth Cwningen pam mae'r awyr yn las. Ond cyn i Asyn fedru dweud fawr ddim, roedd Cwningen yn holi ynghylch yr haul a'r lleuad a'r sêr. Yna rhuthrodd o gwmpas yn tynnu sylw at y cymylau a'r llwynogod anferth a'r tylluanod a welai yn eu canol.

Bu Asyn yn pori'n biwis ac yn aros…ac yn aros.

Pan ddaeth yn ôl o'r diwedd,
meddai Cwningen yn eiddgar,
"Weithiau mae'r lleuad yn y golwg
hyd yn oed pan fydd yr haul allan!"
"Wn i hynny'n iawn," atebodd
Asyn. "A bellach mae'n hen bryd i mi gael cyntun bach."

"O! Ond dwi byth wedi cael gwybod
pam mae'r awyr yn las," meddai Cwningen.
"A dwi'n ysu am gael gwybod. Ga i ddod yn ôl
'fory a chael gwers arall?"

"Am y tro olaf," meddai Asyn. "Ond
fedra i ddim dy ddysgu di os na fyddi
di'n eistedd yn llonydd ac yn gwrando."

"Eistedda i'n llonydd fel delw," meddai
Cwningen, "a gwrando'n astud, astud!"

"Yna ddysga i be dwi'n wybod iti,"
meddai Asyn. "Ac mae hynny'n
andros o lot."

Neidiodd Cwningen i'r awyr
yn gyffro i gyd …

…a rhedeg…

…a rowlio…

…a bownsio…

…ar draws y cae yr holl ffordd adref i gael te.

Y diwrnod wedyn eto dechreuodd Asyn ddweud wrth Cwningen pam mae'r awyr yn las. Ond cyn iddo fedru dweud fawr ddim, gofynnodd Cwningen pam roedd adar yn medru hedfan ac yntau ddim. A'r eiliad nesaf dyna lle roedd Cwningen yn rhedeg i fyny bryncyn ac yn neidio i lawr yn gwneud sŵn aderyn gan chwifio'i bawennau.

Bu Asyn yn pori'n biwis ac yn aros…ac yn aros…

Ddaeth Cwningen ddim yn ôl.

"Mae'n hen bryd i mi gael cyntun bach," penderfynodd Asyn. Yna edrychodd ar draws y cae. Doedd dim golwg o Cwningen. Dechreuodd boeni.

"Ifanc ydi hi," meddai wrtho'i hun. "Efallai ei bod hi mewn picil. Well imi fynd i chwilio amdani."

Cychwynnodd yn araf ar draws y cae. Ar ôl rhyw gam neu ddau daeth at glwstwr o flodau melyn. Chwiliodd yn eu canol am Cwningen. Doedd hi ddim yno, ond gwyliodd Asyn y gwenyn yn casglu paill o bennau'r blodau.

"Mae'n glynu wrth eu coesau," meddai wrtho'i hun. "Sylwais i 'rioed ar hynny o'r blaen."

I ffwrdd yr aeth drachefn, yn gyflymach y tro hwn, gan edrych ar yr awyr wrth fynd. Gwelodd ddefaid gwlanog ymysg y cymylau.

"Mae tro byd ers pan fûm i'n chwarae'r gêm yna," gwenodd wrtho'i hun. Daeth i ben y bryncyn lle bu Cwningen yn rhedeg. Edrychodd o'i gwmpas i wneud yn siŵr nad oedd neb yn gwylio, ac yna cychwynnodd fynd ar garlam. Pan gyrhaeddodd y gwaelod carlamodd ymlaen, yn mwynhau'r gwynt yn siffrwd drwy'i glustiau ac yn plycio'i fwng.

"Mae tro byd ers pan deimlais i fel 'na," chwarddodd wrtho'i hun.

Yna gwelodd Cwningen yn eistedd yn llonydd, llonydd yng nghanol llwyn o eithin.

"Shhh," meddai Cwningen pan welodd Asyn.

"Ro'n i'n poeni amdanat ti," sibrydodd Asyn. "Be wyt ti'n 'neud?"

"Cyfri'r sbotiau ar bob buwch goch gota," atebodd Cwningen. "Wyddet ti fod gan rai ohonyn nhw fwy o sbotiau na'i gilydd?"

"Na wyddwn i," meddai Asyn yn syn. "Wyddwn i ddim. Wn i lawer o bethau ond wyddwn i mo hynny. Gad imi weld."

Syllodd Cwningen ac Asyn gyda'i gilydd. Arhosodd y ddau yn llonydd i gyfri'r sbotiau nes i Cwningen ddechrau agor ei cheg.

"Asyn," meddai Cwningen, "fedri di 'nghodi i allan o fan'ma? Dwi'n methu symud."

Gwenodd Asyn. "Cydia yn fy nghlustiau i 'te," meddai, gan ostwng ei ben er mwyn i Cwningen allu cyrraedd. Cododd hi allan a'i rhoi ar y ddaear.

"Tyrd," meddai Asyn. "A i â ti adref. Rwyt ti wedi dysgu rhywbeth newydd i mi heddiw. 'Fory ddweda i wrthat ti pam mae'r awyr yn las."

"Ond dwi'n gwybod pam mae'r awyr yn las!" meddai Cwningen.

"Wyt ti?" gofynnodd Asyn.

"Dyna oedd yr unig liw oedd ar ôl yn y bocs paent," atebodd Cwningen.

Gwenodd Asyn. Chwarddodd Asyn. Bonllefodd Asyn a chicio'i goesau'n uchel. Yna neidiodd a rhedodd, rowliodd a bownsiodd ar draws y cae ac yn ôl.

"Dyna'r peth doniolaf glywais i ers hydoedd," meddai Asyn. "Neidia ar fy nghefn imi gael dy gario, ond rhaid iti fod yn llonydd, cofia!"

"Asyn," gofynnodd Cwningen. "Pam mae'r awyr yn las?"

Dechreuodd Asyn sôn am heulwen a'r llwch yn yr aer, ond cyn iddo fedru dweud fawr ddim, roedd Cwningen wedi cysgu. Gwenodd Asyn ynddo'i hun.

"Hitia befo," meddai. "Caiff aros tan y bore."